LA PIERRE DE TOUCHE POLITIQUE

Mars 1691.

LE CARNAVAL DE LA HAYE.

VINGTIE'ME DIALOGUE.

Jouxte la copie imprimée

A LA HAYE,

Chez GUILLAUME L'EMBALLEUR, ruë du Renard, aux Ours bridez.

M. DC. XCI.

Ridendo dicere verum
Nil vetat?

Utile dulci.

LE CARNAVAL DE LA HAYE.

VINGTIE'ME DIALOGUE Sur les Affaires du Temps.

FAGEL.

SAlut à vous, faceticux Controlleur General des Dieux. Où courez-vous, Maistre Momus, avec tant de precipitation ?

MOMUS.

Dieu te gard, Maistre Fagel, avec toute ta Rhetorique, je m'en vais divertir une petite heure le Seigneur Pluton & Madame son Epouse Proserpine, par le récit que j'ai à leur faire d'une des farces la plus boufone que j'aye jamais veuë sur la Terre.

FAGEL.

Ce ne peut estre, sans doute, que quelque plaisante Feste de Carnaval qu'on aura donnée dans l'autre Monde.

MOMUS.

Depuis que Momus est Momus, je ne croy pas qu'il se soit vû une Momerie de cette nature ; & je suis seur que Proserpine envetra chercher Quinaut & Lully, pour luy en composer un Opera nouveau.

FAGEL.

Ne peut-on point en passant en aprendre quelque chose ? Tu me diras du moins où cette Farce s'est joüée.

MOMUS.

C'est bien autre chose que ce Carnaval de Venise, dont ces jours passez une impertinente Copie promettoit tant de plaisirs, & suscita tant de sifflets ; ç'en est un tout particulier, & qu'on vient de joüer en original à la Haye, d'où je pars tout presentement.

FAGEL.

A la Haye ! Ah ! Momus, je ne te quitte point que tu n'ayes satisfait ma curiosité. Tu sçais quel interest je prens à tout ce qui regarde ma chere Patrie. Quelque empressement que tu ayes d'aller divertir Pluton, arreste un moment, conte-moy ce que tu as vû dans ce fameux sejour des *Hautes Puissances* ; & aprens-moy quelle figure y fait enfin mon cher & intime Amy. Je recompenseray ce plaisir, & je te promets un masque de Satyre des plus propres que tu ayes jamais porté. Dis-moy, je te conjure, tout ce que tu sçais de ce Païs-là.

MOMUS.

Ta priere est trop juste & trop pressante pour n'estre pas exaucée ; & la part que je sçais que tu prens à tout ce qui touche ton *Roy Statouder*, merite bien que je te fasse un récit du divertissement qu'il vient de donner dans la Sale des Etats à cette foule rampante de Princes & de Ministres, qui confondus pesle-mesle avec les *Beuriers Holandois*, forment la plus magnifique Cour que jamais Statouder ait eu.

FAGEL.

Je sçais la démarche de tous ces Princes, & quand je les regarde tous aux pieds de mon Guillaume, je m'imagine que la Haye est justement le Temple de *Jupiter Hammon*, où mon Statouder est comme le *Dieu Cornu* élevé sur l'Autel, & que tous les Alliez sont autant de Consultans inquiets qui viennent chercher dans ses Oracles le secret de leurs destinées.

MOMUS.

Tu ferois, ce me semble, une comparaison plus juste, si tu prenois le Palais de ce Statouder pour une de ces *Pagodes* Indiennes où l'on voit un *Singe* sur l'Autel adoré de la fole populace, & devant qui comme devant une Divinité, les Rois, les Princes, les grands & les petits viennent se prosterner, & tirent de ses grimaces & de ses moindres mouvemens, des augures sinistres ou favorables qui servent de regle à leurs actions.

FAGEL.

Momus ne peut cesser d'estre Momus, il faut qu'il donne toûjours quelque petit trait de sa façon; ce n'est pas que je n'aye bien pensé à ce *Singe* adoré dans les *Pagodes*, mais j'ay crû que mon Statouder ressembloit mieux par la teste à *Jupiter Hammon* qu'au Dieu Burlesque des Indiens.

MOMUS.

Quoy qu'il en soit, ce Disciple a si bien profité de tes leçons, qu'il s'est rendu l'Oracle de son party; ou pour parler plus juste, il est aujourd'huy le Roy du Conseil parmy tous ces Aveugles.

FAGEL.

Mais de quel divertissement a-t il donc regalé ses Alliez? Il me semble qu'outre que sa *Misantropie* naturelle le porte peu à rire, l'état de ses affaires ne doit pas luy laisser beaucoup de temps à donner aux plaisirs.

MOMUS.

Il a voulu par une Feste solemnelle recompenser les Holandois des magnificences dont ils ont honoré sa reception. T'a-t-on fait le récit de ces Arcs de Triomphe où ses fameuses actions se voyoient en *Bas-reliefs*, de ces Obelisques sur lesquels par de sçavans Hieroglipbes les Vertus qui l'ont élevé sur le Thrône étoient gravées *à contre-poil*; de ces Festons remplis de Devises qui le publioient de tous costez un veritable *Envoyé de Dieu à la mode d'Attila*; de ce Thrône superbe d'où il a parlé en vray Roy à la Cohuë des Etats Holandois; & enfin de ces profonds homages d'un Peuple sellé & bridé, & qui ne respire plus que la servitude? C'est pour payer tous ces premices du pouvoir Souverain qu'il a usurpé sur cette Republique, qu'il leur a donné le divertissement d'un Carnaval extraordinaire, par une Mascarade celebre où tous ses Alliez ont admirablement joüé leurs

Personnages, & formé cinq Entrées d'un Ballet qui n'a jamais eu son pareil.

FAGEL.

Conte-moy par ordre cette Feste plaisante, puisque tu l'as vüë; mais auparavant ne pourrois tu point m'aprendre quelque chose de plus particulier que tout ce qu'on m'a dit sur son passage d'Angleterre en Holande?

MOMUS.

L'on ne peut t'en rien dire de singulier. Tu n'ignores pas que ce dessein estoit pris il y a long-temps, & qu'au retour de sa Cagade de Limerik, il n'avoit convoqué le Parlement de ses *Dupes*, que pour tirer d'eux les sommes immenses dont il avoit besoin pour les frais de ce voyage, & pour l'accomplissement des grands projets qu'il y doit executer.

FAGEL.

Je sçais que les subsides extraordinaires qu'il a voulu tirer des Anglois, ont esté la seule affaire de ce Parlement, & qu'il n'eût pas plûtôt prononcé sa Harangue tendante à deniers, comme sont toutes celles qu'il leur a faites & fera, que les Communes luy accorderent tout ce qu'il voulut.

MOMUS.

Vous sçavez donc bien aussi que ces grandes sommes exigées, sous pretexte de les employer à l'avantage des Anglois, ont esté portées en Holande, pour des emplois secrets qui puissent luy applanir les chemins pour l'accomplissement de ses desirs? Son voyage ne fut differé qu'autant de temps qu'il en a fallu pour trouver des sots qui ayent bien voulu faire des avances considerables sur les nouveaux impôts ; & alors ayant bien embalé toutes leurs Guinées & leurs Jacobus, il a fait civilement la manœuvre de les congedier ; & les payant d'un *Baso las manos*, il a fait de cet illustre Corps ce qu'on fait d'un marc aprés qu'on l'a bien pressuré, & qu'on en a tiré tout le suc.

FAGEL.

Le grand Homme! & qu'il suit admirablement bien les Maximes que je luy ay preschées!

MOMUS.

Aprés avoir ainsi écumé la bourse des Anglois, sa Politique défiante songea à d'autres précautions. Tu as sçû sans doute que l'an passé partant pour l'Irlande, il avoit laissé des ordres secrets pour arrester sous de faux pretextes le Comte de Clarendon son oncle, & quantité d'autres Seigneurs qui luy paroissoient suspects? Il ne fut pas plûtôt passé qu'il fit supposer une infinité de faux avis & de faux indices, qui fournirent à la Regente des pretextes specieux pour les mettre à la Tour, où ayant été retenus durant l'absence de ce Prince, on ne leur a rendu la liberté que long-temps aprés. Il n'a pas manqué de reïterer cette précaution en partant pour la Holande ; & pour se faire une raison d'arrêter ce même Comte de Clarendon, Mylord Preston, l'Evesque d'Ely, & quantité d'autres Seigneurs qu'il s'imagine avoir assez de vertu pour chercher à rompre les fers de la Tyrannie, il s'est fait supposer de nouveaux indices d'une Conjuration visionaire ; & sous cette couleur il n'a pas plûtôt cassé son Parlement, que de sa propre autorité il a fait mettre à la Tour ces Seigneurs comme suspects à son Gouvernement.

FAGEL.

Que tu me charmes par ce récit, voila des traits *à la Tibere*, & qui me font reconnoistre mon veritable Disciple. Croy-moy, Momus, un courage qui n'a pas chancelé pour ôter la Couronne à son Beau-pere, ne doit pas se faire un scrupule d'oster la liberté à l'Oncle de sa femme, & qui travaille avec tant de succés au renversement de la Religion Anglicane, ne doit pas se faire une affaire d'arrester un Evesque.

MOMUS.

Voilà la gratitude sincere avec laquelle il recompense ceux qui luy ont prêté la main pour l'aider à monter sur le Thrône. Enfin aprés ce coup, pour l'execution duquel il interrompit son voyage, il partit ; & comme il affecte de vouloir paroistre le Singe de Cezar, dont il a l'ambition & non pas les vertus, il fit sans risque dans le calme qui le surprit sur mer, ce que Cezar fit autrefois avec autant de courage que de peril dans une furieuse tempeste ; & comme ce grand Tyran de Rome brava dans un petit Esquif un orage prodigieux, en faisant connoistre au Pilote qu'il portoit Cezar & sa fortune, ce nouveau Desſpote d'Angleterre & d'Holande mit dans une petite Chaloupe Guillaume & tous ſes Crimes ; & bravant à coups d'avirons le calme de la mer, fit le reſte de ſon trajet, arriva en Holande, & n'y a rien trouvé qui ne fût prêt à plier ſous ſon autorité ſouveraine.

FAGEL.

Que ma vie n'a t-elle eſté prolongée juſqu'à ce bienheureux jour, aprés lequel j'ay ſi long-temps ſoûpiré, & que mes intrigues ont pris tant de peine à diſpoſer ! Mais continuë, & dis-moy quelles marques aſſurées d'une ſoûmiſſion parfaite nos Holandois luy ont données.

MOMUS.

Quant à l'exterieur, je puis t'aſſurer que jamais Souverain ne fut reçû par ſes Sujets avec un abaiſſement plus ſervile ; mais pour l'interieur, je ne me ſuis pas donné l'inquietude de le penetrer, & je me trompe fort ſi tant de Republicains perdent leur Liberté ſans en murmurer dans le cœur.

FAGEL.

Et qu'importe qu'ils ſoûpirent en ſecret la perte de cette Liberté, pourvû que la Puiſſance abſoluë de mon Amy empeſche ces ſoûpirs d'éclater ? Y a-t-il un ſeul Holandois capable de ſe mettre à la teſte de ceux à qui ſon autorité ſuprême ne plaît pas ? Et n'a-t-il pas pris toutes les precautions neceſſaires pour leur faire avaler avec patience ce calice amer ?

MOMUS.

Enfin le voila dans la Haye, & l'y voila

Maiſtre abſolu de la Holande, dont les Etats ne déliberent plus que par forme pour aplaudir aux reſolutions arreſtées dans ſon cabinet ; & comme les premiers Empereurs Romains, aprés avoir mis la Republique à la chaîne, & uſurpé toute la puiſſance des Conſuls, des Cenſeurs, des Tribuns, & des Pontifes, amuſoient le Peuple par des ſpectacles divertiſſans ; auſſi ton ruſé *Statouder* s'eſtant rendu Maiſtre des troupes, des vaiſſeaux, des finances, & de la police des Holandois, a crû les devoir amuſer par un divertiſſement ſingulier, dont l'uſage ne leur eſt pas ordinaire.

FAGEL.

Conte-moy donc maintenant cette Maſcarade plaiſante, & fais moy part du divertiſſement qu'elle t'a donné.

MOMUS.

La grande Salle où s'aſſemblent ordinairement les Etats, fut deſtinée à cette Feſte celebre, & ton Roy Guillaume l'avoit fait tapiſſer d'une tenture ſuperbe de fabrique d'Angleterre, dont les pieces de differentes grandeurs avoient eſté juſtement meſurées aux places qu'elles avoient à remplir. La plus grande de toutes occupoit toute la face de l'entrée de cette Salle, & repreſentoit avec beaucoup d'artifice *le Convoy & Enterrement de la pauvre Liberté Belgique*, decedée d'une priſe de jus d'Orange dans la cent dixiéme année de ſon âge.

FAGEL.

Si j'avois vêcu juſqu'à ce bienheureux jour,

l'on n'auroit pas manqué de me donner place dans ce Convoy, du moins en qualité de Maistre des Ceremonies.

MOMUS.

C'étoit aussi ton Successeur le Pensionnaire *Heinsius*, aussi zelé Republicain que toi, qui couvert d'une jaquette de velours *Orangé*, qui étoit la couleur de ce Deüil, & bien écussonnée devant & derriere aux Armes de la Défunte, marchoit à la tête du Convoi avec une grosse clochette à la main, en qualité de Maître *Crieur d'Enterrement*, & étoit suivi de sept autres moindres Crieurs ou petits Pensionnaires qui representoient les sept Provinces, vêtus à l'équipolent, & tenant à la main chacun une petite marotte pleine de grelots au lieu de clochettes. Les huit Electeurs de l'Empire portoient toutes les anciennes marques d'honneur de la Défunte, l'Evêque de Liége marchoit ensuite, & par pure devotion portoit d'une main un petit vase rempli d'eau de fleur d'Orange en guise d'Eau Lustrale, & de l'autre une branche de cyprés pour servir de goupillon. Le Duc de Savoye paroissoit ensuite à la tête des Pleureurs, tous habillez en Ramoneurs de cheminées avec un grand crespe Orangé sur le chapeau, & immediatement aprés on voyoit marcher le Roi d'Espagne avec un grand cierge à la main, d'une cire des plus *Vierges* du monde Il étoit accompagné de Castanaga qui marchoit à la tête de deux longues files de Flamans, qui tous la torche à la main, & mis en chemise par les

Allemans, sembloient plûtôt conduits à une amende-honorable ; qu'à la pompe d'un Convoy. Le Corps de la pauvre Défunte paroissoit ensuite sur un magnifique *Catafalque*, soûtenu & porté par douze Pairs Anglois ; & les coins du grand drap Orangé dont il étoit couvert, étoient portez par les Princes de la Maison de Brunzwich, & par les autres Aspirans à la chimere du futur Electorat Protestant. Le Roi Guillaume comme seul & unique heritier de la Défunte, representoit le Deüil, en long chaperon de couleur de pourpre ; & la queuë de son grand Manteau Royal doublé de sa livrée, étoit portée par son cousin le Gouverneur de Frise, son brave General le Prince de Waldek, & son cher mignon Mylord Portland. L'Empereur l'accompagnoit & menoit le Deüil, & derriere eux marchoient en confusion les Phantômes dont est composée la Figure qui reste des Etats ; & dans un petit éloignement on voïoit d'un côté les deux Rois du Nort, & de l'autre les Suisses, les Princes d'Italie, la Republique de Venise, & le Roy de Portugal, qui comme neutres regardoient passer fort tranquilement le Convoy, sans se réjoüir ni pleurer la mort de la pauvre Défunte.

FAGEL.

Si le dessein de cette Tapisserie a esté bien executé, elle devoit estre fort divertissante.

MOMUS.

L'on ne peut pas mieux, & tous y étoient dans des attitudes tres-convenables au sujet.

A côté de cette grande piece on en voyoit une beaucoup plus petite qui remplissoit un entre-deux de porte & de croisée, dans laquelle on avoit representé cet *Oizeleur* de la Fable, qui ayant tendu ses filets dans la pensée d'attraper des *Coqs* de Bruyere, au lieu de prendre sa proye, se sentoit lui-même mordu au pied par un gros Serpent, qui non-seulement lui faisoit lâcher ses filets inutilement tendus, mais l'obligeoit de penser serieusement à sa propre conservation ; ces petits vers se lisoient au-dessous de la bordure.

Tandis que le Coq rit, & sçait bien se défendre
Des filets que tu veux lui tendre,
Du Serpent qui te mord te voila donc surpris ;
Quelle douleur quand on croit prendre,
Et que soi-même on se voit pris.

FAGEL.

Il me semble que ce pauvre *Oizeleur* est assez la figure de l'Empereur, qui au lieu de surprendre les François dans les filets qu'il leur avoit tendus sur le Rhin, s'est vû du côté du Danube attaqué à dos & battu par les Turcs ; ce qui fait aujourd'hui la principale de mes inquiétudes.

MOMUS.

Je ne sçai si celui qui a donné le dessein de cette Tapisserie, avoit la pensée d'en faire cette aplication, mais qu'il en ait eu l'idée ou non, je croi que nous la pouvons faire avec justesse. Quant à la piece qui suivoit, elle s'expliquoit plus intelligiblement, & l'on y voyoit un grand nombre d'Ouvriers de toute sorte de Nations, employez à bâtir au Duc de Savoye un beau & magnifique *Château en Espagne*, sur le plan qui lui en avoit été communiqué dans Venise par un Architecte venu exprés du fond de la Baviere. Ce Château imaginaire remplissoit le milieu de la piece, une noire *ingratitude* en avoit jetté les fondemens, une *imprudence* aveugle l'avoit fait sortir de terre, un *fol espoir* en élevoit les façades jusqu'au comble, les *faux pretextes* en faisoient la couverture, une *trahison* meditée de longue main en devoit estre la porte, & l'extrême *foiblesse* le rendoit de toutes parts penetrable aux traits du Soleil. Et tandis que dans l'un des coins & dans une espece d'éloignement on voyoit cet Architecte Bavarois en masque presenter au Savoyard, dans le Palais Grimani, le plan de ce Château visionaire, l'on voyoit dans un autre coin l'Empereur qui promettoit de luy fournir tous les outils necessaires à ce grand travail, l'Espagnol un peu de mauvais plâtre, les Princes Italiens des vœux, le Roy Guillaume de la fumée, la Holande quelque peu d'argent, & les Suisses plus sages que tous les autres, ne luy donnoient autre chose que de simples Complimens.

FAGEL.

Et que crois-tu qu'on vouloit dire par le dessein de cette Tapisserie?

MOMUS.

Il me semble qu'on n'a pas besoin d'Oedipe, & qu'elle montroit assez clairement que le Duc de Savoye ne peut attendre d'autre fruit de son Union avec les Alliez, que de voir aboutir toutes leurs grandes promesses à la chimere d'un *Château en Espagne*, dont on l'a flaté, & contre lequel il échangera bientôt le reste de ses Etats.

FAGEL.

Tu traites donc de vision le projet qu'avoit fait la Ligue de le faire *Roy des Allobroges, Comte de Provence, & Maistre absolu du Dauphiné?* Car c'est ce que nous lui avions promis.

MOMUS.

Vision toute pure, il devoit rester sous l'abry d'un Roy puissant, sous l'aîle duquel il pouvoit braver tous ses Ennemis ; mais s'en estant écarté, ne peut-on pas avec raison luy apliquer l'Apologue de cette imprudente Bourique d'Esope, qui estant sous l'abry du Coq voyoit fuir devant soy le Lion, non pas qu'il dût cette épouvante à la crainte qu'on eût de luy, mais à la terreur qu'imprime au Lion le chant de l'Oiseau du Soleil? Mais sitôt que ce pauvre Animal, par une imprudente confiance en ses propres forces, eût quitté le Coq pour joindre le Lion, il ne fut pas long-temps sans reconnoistre sa foiblesse, & sans qu'il luy en coutât tout ce qu'il pouvoit perdre.

FAGEL.

Il faut attendre du succés de la Campagne prochaine l'aplication de cette Fable que tu tournes comme il te plaît.

MOMUS.

MOMUS.

L'aplication se trouvera fort juste ; & si par un miracle presque impossible, il échape au châtiment complet qu'il doit attendre du Coq, il sera devoré par le Lion luy-mesme. Mais passons à la Piece qui suivoit. Elle representoit comme par un Avis de Parens, à l'Assemblée desquels le Roy de France, quoy que plus proche en qualité de Beau-frere, & le Dauphin, quoy que *Présomptif heritier* & Neveu, n'avoient point esté apellez ; l'on nommoit pour *Tuteurs* au Roy d'Espagne les Hautes-Puissances des Etats Holandois sous la direction du Roy Statouder : & comme ces *Tuteurs* juroient & promettoient de bien, fidelement, & heretiquement administrer, sous l'autorité & suivant le bon plaisir de ce Directeur, les Païs-Bas Catholiques, jusqu'à ce que leur Seigneur fust en estat d'en prendre luy-mesme l'administration.

FAGEL.

Pouvoit-on pour ces Païs-Bas Catholiques nommer des Tuteurs ni plus desinteressez ni plus zelez pour la Monarchie Espagnole que Messeigneurs les Etats d'Hollande ? Il y a prés de six-vingts ans qu'ils n'ont point d'autre but que de regir ces Provinces, & d'en reformer la Religion : Et où voit-on des Tuteurs qui commencent par prêter quinze cens mille florins à leurs Pupilles, comme les Holandois viennent de les prêter au Roy d'Espagne ?

MOMUS.

Ce prêt est admirable. N'as-tu pas oüy parler de la maniere dont certains Juifs de toute sorte de Religions pratiquent l'Usure, & dont Moliere joüa si plaisamment le Negoce dans sa Comedie de l'*Avare* ? Te souvient-il comme l'Usurier au lieu d'y fournir en deniers comptant la somme qu'on emprunte de luy, la compose en partie de quelque monnoye, & en partie de vieux meubles évaluez au prix qu'il lui plaît ? Les Holandois n'ont pas mal joüé ce personnage ; & quand ils ont donné au Roy d'Espagne de la poudre, du salpestre, des pontons, & d'autres telles danrées au lieu d'argent comptant, dont il a besoin pour payer ses Troupes, il me semble que je vois l'Usurier de cette Comedie de Moliere qui compte deux mil écus en mousquets garnis de nacres de perle, en tables, en escabelles, & en autres pareilles ravauderies, outre les gros interêts retenus par avance, & qui diminuent d'autant le capital.

FAGEL.

De tout temps celui qui prête, n'a-t-il pas donné la loy à celui qui emprunte ? Et n'est-il pas de sa prudence de profiter de la necessité à laquelle il le voit reduit ? Plus les besoins du Roy d'Espagne s'augmenteront, & plus les Holandois doivent s'étudier à luy imposer de dures Loix.

MOMUS.

Dans une piece mediocre qui suivoit celle dont je viens de te parler, l'on voyoit avec quelle severité Charles Duc de Bourgogne Prince du Sang de France, aidé des forces d[...]

Loüis XI. châtioit la perfidie des Liégeois, & saccageoit cette Ville rebelle aprés l'avoir emportée de vive force.

FAGEL.

Penses-tu que cette Ville ait rien de semblable à craindre pour la trahison qu'elle a eu la hardiesse de faire au Roy de France; lorsqu'elle a embrassé le party des Alliez, & qu'elle s'est mise sous la protection de la Holande?

MOMUS.

Je n'entre point dans un futur contingent. Je te diray seulement à ce sujet une petite Fable qui me vient à la pensée. Ecoute.

FABLE

Du Lion & de la Grenoüille.

UN Lion reposant, la Grenoüille imprudente,
D'une voix croassante
Vint troubler son sommeil.
De son ongle déja la vengeance estoit preste;
Quand connoissant à son réveil
La foiblesse de cette Beste:
Va, dit-il, animal indigne de mes coups,
Tu ne merite pas l'honneur de mon courroux.

Que le Roy de France punisse severement Liége, ce sera justice; qu'il méprise sa trahison, ce sera generosité. Mais il est constant que les Histoires ont peint de tout temps les Liégeois comme un Peuple perfide, broüillon

& obstiné ; & qui par sa presomption s'est souvent attiré de terribles desastres. Mais il est difficile de concevoir par quel aveuglement ils ont fait cette derniere escapade. Il me semble voir justement un de ces méchans petits chiens tournebroches, qui apercevant une troupe de gros matins ameutez contre un puissant dogue, se mesle parmi eux pour aboyer inutilement : car enfin que croit gagner Liége en offençant, comme elle a fait par une insulte perfide, un Voisin de la Puissance de LOUIS LE GRAND.

FAGEL.

Les Liégeois se sont laissé persuader comme tous les autres, que la Conjuration generale de tant de Puissances alloit mettre la France sens dessus dessous ; & que chacun profitant de ses débris, ils pourroient racrocher le Château de *Boüillon*, sur lequel ils conservent de frivoles prétentions.

MOMUS.

Le Boüillon est un peu trop chaud pour eux ; & bien loin d'estre en estat de penser seulement à le prendre, ils doivent plustost craindre qu'ayant tenu une conduite beaucoup plus perfide envers la France que Strasbourg n'avoit fait dans les dernieres Guerres d'Allemagne, ils ne payent comme elle en un jour toutes leurs folies passées. Et si Charles Duc de Bourgogne qui n'estoit qu'un Prince de la Maison de France, a sçû les châtier de la maniere dont Commines le recite, que ne pourra point faire un Monarque infiniment plus sage & plus puissant que luy ? Liége ne cessera jamais d'estre perfide, qu'elle n'ait la destinée de Numance ; & quelque remors de conscience qu'il luy prenne, elle ne se repentira jamais d'une faute que dés le lendemain elle ne se repente de s'estre repentie. Voilà quel a toûjours esté son caractere, & elle feroit plûtôt banqueroute à ses Autels que de s'en dementir.

FAGEL.

Il est vray que ce petit Etat qui avoit moins de raison que pas un autre de se croiser avec la France, est celuy qui m'a le moins coûté de peine à ranger du party de la Ligue ; & son nouveau Prince s'y est porté avec tant d'ardeur, qu'il a presque prevenu toutes nos impulsions.

MOMUS.

Je te décrirois fort volontiers tout ce que representoit le reste de la Tenture, si je n'aprehendois pas de t'ennuyer par un trop long récit, outre que j'ai à te raconter des choses qui me paroissent beaucoup plus divertissantes. Ainsi je ne te parleray point d'une autre piece où l'on voyoit une grande quantité de petits Souverains vêtus en Pelerins, qui le bissac sur le dos, & le bourdon à la main, & partis de Berlin, d'Hanovre, de Munik, de Turin & d'autres endroits, venoient faire devotieusement en Holande le Pelerinage de Saint Guillaume, & s'en retournoient chargez de Coquilles, de Medailles, & d'Indulgences, dont le feu Pape *Innocent* avoit fait le Prince d'Orange dépositaire & distributeur; ni celle où l'Empereur & tous les autres Princes de la Ligue d'Ausbourg cherchoient avec des Lunettes d'aproche dans l'Almanach de Milan le *Nombre d'or* dont ils ont une si grande necessité, ni enfin toutes les autres qui achevoient d'orner cette Salle magnifique; & passant ce récit, je viens à celuy du Ballet.

FAGEL.

Je t'écoute avec plaisir; & tout ce qui touche la gloire de mon Guillaume, me chatoüille si delicieusement, que tous les divertissemens des Champs Elisées n'en aprochent pas.

MOMUS.

La Salle ne fut pas plûtôt illuminée, que sur un *Theâtre* qui en ocupoit le fond, l'on vit executer tour à tour les cinq Entrées de Ballet, que ton ingenieux Guillaume avoit imaginées.

FAGEL.

Il ne falloit qu'un peu de Musique entremeslée, & ç'eut esté un Opera parfait.

MOMUS.

S'il ny eut pas un Opera complet, du moins le Theâtre fut ouvert par un Prologue, chanté par une Taille des plus fortes qu'ait jamais porté l'Angleterre. On lui avoit donné l'habit & les ornemens d'une Renommée terrible, qui au lieu de Trompette tenoit en l'une de ses mains un vray Cornet à bouquin; & cette voix soûtenuë d'une Harpe, seul instrument dont Guillaume aime & entend l'harmonie, entonna, si j'ay bonne memoire, ces paroles.

♛

Accourez, Peuples, accourez,
Et vous Princes Confederez,
Venez à mon Heros rendre un profond hommage,
Sous sa grandeur, rampez, pliez,
Soûmettez à sa voix le Danube & le Tage,
Et soyez de son Thrône autant de marchepiez.

♛

Toy qui sçais immoler sans peine
L'Empire à son vaste dessein,
Perds Bude, Empereur, perds Vienne,
Souffre que Mahomet y vienne
De son fer te percer le sein.
Pourvû que mon Heros au Thrône se soûtienne,
Qu'importe que des Turcs les Sabres criminels
Renversent tes Autels?

♛

Toy Colosse jadis si fier & si celebre,
Aujourd'huy Squélete impuissant,
Qui traînes sur les bords de l'Ebre
D'un Corps qu'on ne craint plus le reste languissant;
Espagnol, de ton cœur aportes-luy l'offrande;
Sous l'abry de son puissant bras
Mets ton Sceptre & tes Pays-Bas,
C'est le sang de celuy qui t'ôta la Holande,
Pourquoy ne t'y firas-tu pas?

♛

Vous ses Maitres jadis, aujourd'huy ses Sujets,
Avortons de ces vieux Bataves,
Vous le but & l'apuy de ses vastes projets,

Ne vous affligez point de vous voir ses Esclaves,
Que le dernier soûpir de vostre Liberté,
S'étouffe sous le poids de son autorité,
Et recevez vos fers de sa main Souveraine ;
Vos efforts contre luy ne feroient que blanchir,
Un Guillaume autrefois a sçû vous affranchir,
Un Guillaume aujourd'huy vous remet à la chaîne.

FAGEL.

Ce Prologue est tout-à-fait à mon goût, & j'en sçay bon gré à l'Autheur.

MOMUS.

Si-tôt que les Airs, qu'on dit que l'Empereur avoit pris luy-mesme le plaisir de faire sur ces paroles, eurent assez diverty l'Assemblée, l'on vit paroître sur le Theâtre la premiere Entrée de Ballet, ou si tu veux la premiere Mascarade. C'estoit ton Guillaume luy-mesme en personne, qui vêtu d'un habit copié sur celuy que tu me vois, avec un masque sur le nez, son Manteau Royal sur les épaules, sa Couronne en teste, & le Sceptre à la main, dansoit une Pantalonade de nouvelle invention, & conduisoit par le nez une demy douzaine d'Ours emmuzelez, qui suivoient en cadance tous ses mouvemens.

FAGEL.

Faut-il que la mort m'ait privé de la vûë d'un Spectacle si agreable ? car je m'imaginerois voir tous les Alliez de mon Amy, representez par ces Ours emmuzelez qu'il meine à bagnette & comme il luy plaît.

MOMUS.

Tu ne feras pas tout-à-fait privé du plaisir que tu desires ; car comme la figure d'une si facetieuse Mommerie se distribuoit à la porte de la Sale des Etats, j'en ai raporté une, & tu peux la voir si tu veux. Tien, regarde, ne vois-tu pas de quel air imperieux il tient par le muzeau ces pauvres Ours bridez, & avec combien de respect & de circonspection tous observent les moindres mouvemens de ce Conducteur, pour répondre à ses intentions.

FAGEL.

Rien n'est assurément ni plus juste ni plus facetieux, & je voy que mon Guillaume a mille fois plus d'esprit encor que je ne l'avois crû jusqu'à present. Esope luy-mesme n'en auroit pas imaginé davantage.

MOMUS.

Quelle joye à tous ces Princes de voir l'Usurpateur qu'ils ont mis sur le Thrône d'Angleterre, les conduire ainsi par le nez. Et quel plaisir de réfléchir qu'ils luy ont sacrifié tout à la fois l'honneur du Diadême, la Justice, les Loix, la Raison, & les Autels.

FAGEL.

Ah ! Momus, ne parle point, je te prie, d'Usurpation. Peux-tu nommer Usurpateur celuy que tout un Peuple par la voix de ses Deputez, a lui-même apellé à la Couronne ?

MOMUS.

Belle maxime ! Est-on parmy les Turcs pour se joüer ainsi du Thrône, & changer de Maistre à sa fantaisie ? Ah ! que tous ces Souverains qui ont aplaudy à cette infame Rebellion, meriteroient bien que leurs Peuples missenten pratique une maxime qu'ils aprouvent. Dis-moy un peu, quand les Flamans pour éviter de perdre leur Religion & de tomber sous la domination du Tyran d'Angleterre, se jetteront entre les bras du Roy de France, & renonceront à leur serment; que pourra leur dire le Roy d'Espagne? Et n'auront-ils pas raison de luy répondre, que puisqu'il a aplaudy à la revolte des Anglois, qui dans la crainte imaginaire de voir succomber la Religion Anglicane, ont changé de Maistre; il ne doit par les blâmer de ce que ne voyant point d'autre voye pour sauver la Religion de leurs Peres, ils se réünissent à une Monarchie dont ils ont fait autrefois partie, & se jettent sous la protection du seul Défenseur des Autels?

FAGEL.

Je sçay bien que l'aplaudissement que le Roy d'Espagne a donné à la Revolution d'Angleterre, pourra en tout temps servir d'une excuse legitime & sans replique aux Flamans, lorsqu'ils voudront se soustraire à sa domination; & que quand les Protestans voudront faire déposer l'Empereur, ou partager l'Empire pour en élire un de leur Religion, ils en auront un pretexte merveilleux dans l'aprobation que Léopol a donnée à l'élection du Roy Guillaume. Mais n'aprofondissons point cette matiere, l'éclaircissement ne m'en peut plaire. Guillaume est sur le Thrône, &

cela suffit. Laissons tous les Souverains de l'Europe donner à son action des noms conformes à leurs interests particuliers. Pour moi qui comme son amy, sa creature, & son Professeur de Politique, n'en avois point d'autre que de le voir Maistre de la Holande, à quoy la seule Revolution d'Angleterre pouvoit le conduire, je n'ay garde de donner à son entreprise un nom que toute la Posterité luy donnera.

MOMUS.

C'est quelque chose que du moins tu connoisses au fond du cœur la qualité de cette action.

FAGEL.

Et crois-tu qu'il y ait un seul Anglois, ni un seul des Princes Alliez, qui au fond de l'ame ne soit convaincu que Guillaume est sans droit & sans justice sur le Thrône ? Mais cela n'empêche pas que l'utilité particuliere qu'ils croyent en tirer, ne leur serve de raison pour trahir leur propre conscience ; & regarder comme Roy celuy qui n'est pas moins Maistre de leurs volontez que de celle des Anglois.

MOMUS.

Aprés que la pantalonade de cette premiere Entrée eût esté fournie à la satisfaction complete de tous les Spectateurs, une nouvelle symphonie servit d'intermede entr'elle & la seconde, & une voix détachée vint en se mariant à plusieurs Guitares chanter ces paroles.

Haussez, Flamans, haussez de vos Citez,
Et les portes & les portiques;
Qu'elles brillent de tous côtez,
De Lauriers, de festons, d'ornemens magnifiques;
Dressez vos arcs, vos échafaux,
Pour recevoir ce Roy de gloire.
L'Espagnol, qui l'auroit pû croire?
Est prêt de vous livrer au dernier des Nassaux.

Du grand Castanaga, suivez l'exemple sage,
Voyez dans son parfait hommage,
Comme au nom de son Souverain,
Il vient les yeux baissez, & l'encens à la main;
Aux pieds de mon Heros joüer un personnage
A divertir le genre humain.

FAGEL.

J'avouë que quelque avantageuse que soit à mon Prince la conduite de ce Gouverneur, je ne puis m'empêcher de donner les mains au sentiment universel de ceux qui le regardent comme l'instrument le plus propre que le Roy d'Espagne pût employer pour perdre les Païs-Bas.

MOMUS.

Si-tôt que ces vers furent chantez, l'on vit paroître la seconde Entrée de Ballet, composée de cet illustre Castanaga déguisé en grand Prestre Egyptien, & suivy d'une douzaïne de Flamans de parure à peu prés semblable, qui se rangerent de part & d'autre sur le Théâtre, tandis que cet Espagnol ouvrit l'Entrée par une sarabande grotesque, qu'il dança au son des Tambours de Basques, du Sistre & de la Cymbale, meslé du bruit de ses castagnettes ; ce qui auroit extrémement diverty les Spectateurs, si dans une derniere glissade il ne s'estoit laissé lourdement tomber ; de sorte qu'il se blessa rudement l'*os sacrum* du croupion. Les Flamans coururent aussi-tôt le relever de sa chûte, la sarabande en fût estropiée ; mais quelque douleur qu'il ressentît, il voulut fournir son rôlle ; & pour l'achever il prit à la main un encensoir,& suivi de son Cortege, fut en grande ceremonie & en cadance encenser trois fois un gros Crocodile placé sur une espece de Thrône élevé au fond du Theâtre ; & en mesme temps tous ses Flamans s'estant prosternez contre terre, & levant doucement les yeux sur cet Idole, se mirent à chanter en chœur ces quatre petits vers.

Est-il un Peuple plus docile ?
Malgré-nous on nous fait sur le Thrône adorer
Ce vilain Crocodile
Qui veut nous devorer.

FAGEL.

Que pretendoient-ils dire par des paroles si extravagantes ?

MOMUS.

Elles partoient de l'abondance de leur cœur ; & il n'est pas difficile de concevoir quelle aplication ils en vouloient faire. Le Crocodile est comme vous sçavez un animal amphibie, né dans les bourbiers du Nil; comme Guillaume est sorty des marais de la Holande Il est aussi de tous les animaux le plus traître & le plus insatiable. Cependant les Peuples d'Egypte estoient forcez par leurs Prestres de l'adorer, & d'aller l'encens à la main chercher cette infame Bête sur les rives du Nil, non pas par respect, mais par pure aprehension Il en est de même des Flamans; si vous examinez leur interieur, ils abhorent dans l'ame vostre Guillaume comme le destructeur de leur Religion; mais le Grand Prestre Castanaga poussé d'une crainte servile, les force de l'adorer sur le Thrône, & luy-mesme à leur teste, & l'encens à la main, va lui rendre des respects indignes de la Majesté du Roy son Maistre

FAGEL.

Ce trait me pique vivement, & tu le pousses loin. Si tu n'estois pas le Dieu Momus, dont les railleries ne ménagent pas mesme les Dieux, je me chagrinerois contre toy d'une terrible force. Cependant tu tournes les choses d'une maniere qu'il est difficile de ne pas entrer dans tes sentimens. Je suis même persuadé comme toy, que rien n'est plus douloureux aux Flamans que de se voir sous la ferule de mon Statouder, & contraints de se livrer à ses Troupes. Je ne doute pas mesme que cette conduite qui mine leurs biens & détruit leur Religion, ne les porte enfin à changer de Maistre. C'est ce que le succés de la Campagne prochaine fera éclore; & si les

François font marcher, de ce côté là les troupes prodigieuses qu'ils seront en état d'y mettre, puisque le Rhin ne les occupera que foiblement, je crains terriblement que malgré toutes les forces puissantes dont mon Statouder promet de secourir les Païs-Bas Espagnols, qu'il ne soit tres-difficile d'empescher ces Diables d'y faire de furieux progrés, & de prêter la main au mécontentement interieur qu'ont ces Peuples oprimez.

MOMUS.

C'estoit là la seconde Entrée ; & le spectacle en estant fourny, l'on vit entrer sur le Theâtre un grand Squélete de Musicien vêtu en Ramoneur de cheminée, avec une balle de quinquaillerie sur les épaules, & suivy d'une demy douzaine des Pages de la Musique du Duc de Savoye, vêtus de mesme livrée avec chacun une perche sur l'épaule ; & tous s'étant rangez sur le bord du Theâtre, dont ils occupoient presque toute la face, le Musicien au milieu de tous, entonna d'un chant lugubre, au son de quatre vielles, ces belles paroles.

Souvent une avengle imprudence,
Si-tost qu'on ne se connoît pas,
Fait trébucher un Prince avec son arrogance
Du haut à bas.
Haut à bas,
Haut à bas.

Et en même-temps les six petits Pages Ramoneurs (entre lesquels estoit un petit échapé du Preſident de la Tour, grand Orateur de ſon Maiſtre auprés de ton Roy Guillaume) obſervant chacun leur partie, & faiſant un *Chorus* admirable, ſe mirent à branler fierement leurs perches, & entonnerent en muſique ces dernieres paroles.

De haut à bas.
Haut à bas,
Haut à bas.

Ils n'eurent pas plûtôt achevé ce Concert melodieux, qu'on vit entrer le Duc de Savoye ſe mirant comme un Pan dans la beauté naturelle de ſes plumes. Il eſtoit neanmoins vêtu d'un habit tres-ſimple, l'étoffe eſtoit d'une étamine Orangée, fourée de la peau de ce Chat d'Eſpagne, de la pate duquel le Singe ſe ſervoit pour tirer les marons du feu, & le juſte-au-corps eſtoit brodé des plus belles chimeres du monde. Il dança la Stafarde.

FAGEL.

Quelle dance me nommes-tu là, je n'en ay jamais oüy parler ?

MOMUS.

C'eſt une eſpece de Ducheſſe nouvelle, de la compoſition d'un fort bon Maiſtre qu'on apelle Catinat; mais comme ce Prince n'en avoit pas encor bien apris les mouvemens, il fit tant de faux pas & de contre-temps, qu'il faillit vingt fois à ſe rompre le cou. Il en attribuoit la faute au Gouverneur de Milan qui figuroit avec lui, & aux Violons mal acordez qui ne joüoient pas de la force qu'ils avoient promis. Enfin ayant fourny la premiere partie de sa dance au mieux qu'il put, quoique tres-mal, on vit pour achever l'Entrée arriver quatre Valets de Chambre François, qui en cadance le dépoüillerent fort prestement de ses habits ; & l'ayant revêtu d'un Roquet de Pelerin, & mis à la main le Bourdon, luy montrerent le chemin qu'il devoit tenir pour faire par Munik & par la Haye le Pelerinage de Saint Jacques en Galice.

FAGEL.

Cette Entrée de Ballet me paroît assez mysterieuse. Je veux bien vous avoüer de bonne foy que je n'ay jamais pû comprendre comment ce Prince a pû se laisser persuader à nos cajoleries, & attendre à se fourer dans la Ligue, dans le temps qu'elle commençoit à tomber en décadance. Ce retardement a operé deux choses qui luy sont fort desavantageuses ; l'une c'est de luy avoir acquis la reputation d'un Prince de mauvaise foy, puisqu'il feignoit de rester amy du Roy de France, tandis qu'en secret il le trahissoit ; l'autre montre qu'il a peu de prudence : car s'il vouloit faire autant de mal à la France qu'il en meditoit contr'elle, il devoit se declarer dés l'abord, & dans le temps que l'invasion de l'Angleterre, la declaration soudaine de tant d'Ennemis, & l'attaque de Bonn & de Mayence, pouvoient donner de l'inquietude aux François, & sa declaration dans ce moment eust indubitablement fait un effet plus avantageux à la Ligue. Mais ayant tardé deux ans, la France a reconnu ses propres forces qu'elle avoit jusqu'à present ignorées ; & s'étant par les Finances & par les Armes, par la terreur imprimée au dehors, & par la tranquilité du dedans, mis en estat non seulement de faire teste à ses Ennemis, mais de les pousser dans leurs propres Forts, & de ne pas craindre tout l'Univers ensemble ; ce foible Prince s'est imprudemment declaré, lorsqu'il n'estoit plus en pouvoir de mal faire, & que sa levée de bouclier ne pouvoit plus servir qu'à le faire dépoüiller de ses Etats.

MOMUS.

La chose est fort avancée, & je me trompe fort s'il luy reste à la fin de la Campagne prochaine le moindre poulce de terre. Et quand la Savoye qui comme la Lorraine a fait autrefois partie du Royaume de France, & qui tomba dans le partage de Lothaire, l'aîné des Enfans de Loüis le Debonnaire, sera une fois réünie à cette Monarchie, dont elle n'est qu'un membre détaché, toute l'Europe ensemble ne sera pas capable d'en remettre ce Duc en possession. Et de quel front l'Empereur & le Roi d'Espagne qui favorisent l'usurpation injuste de la Couronne d'Angleterre, & Guillaume qui contre toutes les Loix en a usurpé le Thrône, pourront-ils trouver à rédire que le Roy de France avec justice, raison, & fondement legitime, réünisse à sa Couronne un Fleuron qui en estoit inalienable, & dont la décadance de la race de Charlemagne avoit causé la perte & le démembrement ? Henry IV. & Loüis XIII. s'étoient vûs en pouvoir de couper la racine à tous les mauvais desseins des Ducs de Savoye, s'ils avoient voulu conserver ce petit Etat plusieurs fois legitimement conquis ; mais la consideration des Alliances Françoises, dont ces Ducs ont esté honorez, & la generosité excessive de ces Monarques magnanimes, les porta à rendre ce qu'ils pouvoient justement retenir : mais celuy-cy ne doit pas se confier sur des exemples qui ne sont plus de saison, puisqu'une generosité à contre-temps est une vraye foiblesse, & qu'une vertu ne l'est plus aussi-tôt qu'elle blesse l'interest d'un Souverain & de son Etat.

FAGEL.

J'estois trop bon Politique pour ne pas prévoir ce qui est arrivé à ce foible Prince. Mais quoique j'eusse cette prévision, mon interest, & celuy de mon Statouder m'estant plus cher que celuy du Duc de Savoye, je n'ay pas laissé d'employer tous mes efforts pour luy persuader cette bévûë, qui quelque funeste qu'elle luy soit, est toûjours avantageuse aux Alliez par la diversion qu'elle opere.

MOMUS.

Retournons à nôtre Ballet. L'Entrée qu'avoit fait dans la danse le Duc de Savoye, n'ayant pas réüssi au contentement des Alliez, & ses Ramoneurs ayant évacué le Theâtre, l'on entendit le quatriéme spectacle reservé pour l'Empereur, ou du moins pour montrer ſur la Scene le Comte de Windiskrats ſon Envoyé Extraordinaire, & arrivé tout ſuant en poſte à la Conference de la Haye. Il devoit eſtre accompagné dans cette Entrée des Electeurs de Baviere & de Brandebourg, qui repreſenteroient quant à la danſe toute l'Allemagne Confederée ; celui de Saxe ayant eu la magnanimité de ne pas venir lâchement baiſer l'eſcarpin d'un homme qu'il regarde toûjours comme eſtant infiniment ſon inferieur.

FAGEL.

Il eſt vrai que la Maiſon Imperiale & Souveraine de Saxe, ſortie à ce qu'on prétend d'Attila, eſt d'un luſtre ſi ſuperieur à celle de Naſſau, qu'il faudroit eſtre fou pour les mettre en comparaiſon. Mais le brillant d'une Couronne Royale, à quelque titre qu'on la poſſede, ne donne-t-elle pas un éclat qui offuſque tout ce qui n'a pas le même Caractere & la meſme Dignité ?

MOMUS.

Mets-tu les Cometes au rang des Aſtres, & un Uſurpateur au rang des Rois ? Si par le droit de la naiſſance ton Guillaume eſtoit arrivé legitimement à la Couronne feminine d'Angleterre, comme il le pourroit s'il ne reſtoit plus de Deſcendans de Charles le Martyr, toutes les Puiſſances de l'Europe le reconnoîtroient pour veritable Roy, & alors le Duc de Saxe ne feroit pas de difficulté de ſouſcrire à la diſproportion qui eſt entre un Roy de la Grande-Bretagne & un Electeur de l'Empire ; mais n'estant sur le Thrône que par la fraude, la violence & la perfidie, & se pouvant dire tous les jours à la veille de retomber à son simple estat d'Officier & Sujet de la Republique d'Holande, le Duc de Saxe, quoy qu'uny d'ailleurs avec luy d'interests par la Ligue d'Ausbourg, a eu raison de refuser vigoureusement de s'abaisser comme font lâchement les Ducs de Baviere & de Savoye, & le Marquis de Brandebourg, à plier l'épaule devant un homme avec lequel il ne pretend point se mettre en balance ; & je te garantis que tu ne verras jamais entr'eux d'abouchement, dont il laisse aux autres toute la honte & le repentir. Mais il me semble que tu me fais écarter de mon sujet.

FAGEL.

Tu voulois me décrire le quatriéme Acte de cette divertissante Comedie.

MOMUS.

Nous y sommes. La Musique qui devoit servir d'Intermede ou de Prologue à cette Entrée, fit un effet qui me charma. L'on introduisit l'Ombre du Prince Charles de Lorraine sortant du Tombeau, à peu prés dans la mesme posture que paroît le Commandeur au Festin de Pierre. Cette Ombre estoit environnée de differentes figures qui representoient toutes les vertus d'un grand Capitaine, à la reserve de la promtitude de l'execution qui ne fut jamais sa qualité dominante. Il s'avança d'un pas grave jusqu'au bord du Théâtre, tandis qu'un mélange de flûtes douces & d'autres instrumens propres à concerter des Airs lugubres, formerent un petit prelude; lequel estant achevé, l'Ombre avec le creux d'une basse merveilleuse, chanta ce récit Heroïque.

Echoüer sur le Rhin, reperdre ta Hongrie,
Au Thrône Transylvain voir monter Tekely,
Du Laurier qu'en faveur de ta chere Patrie,
Mon bras a tant de fois cueilly;
Deux jours aprés ma mort voir la gloire flétrie,
N'estre plus en estat de soûtenir le choc
Du redoutable Coq,
Implorer à genoux une Paix que rebute
L'Infidéle que j'ay vaincu;
Triompher tant que j'ay vécu,
Et perdre tout aprés ma chûte:
Empereur, qu'en dis-tu? Faut-il de ma valeur
D'autre éloge que ton malheur?

FAGEL.

Ah! je te prie de me donner par écrit ces Vers, je n'en ay pas vû qui ayent composé une plus heureuse Epitaphe pour ce grand Capitaine: & quoiqu'il n'ait jamais esté des amis de mon Roy Guillaume, & que mesme il ne l'ait jamais estimé, ni aprouvé une entreprise qu'il a toûjours traitée de perfidie & d'impieté; j'ay toûjours eu pour luy une consideration singuliere. Quelque chose qu'en puissent dire les Princes de Bade ses inflexibles Ennemis, l'Empereur en le perdant a tout perdu; & sa seule mort a esté un veritable Cordial aux Musulmans.

MOMUS.

Quoiqu'il en soit, voilà ce qu'on fit chanter à son Ombre ; & si-tôt qu'elle fut retirée, le Comte de Windiskrats avec son Caractere representatif de l'Empereur, le Duc de Baviere & le Marquis de Brandebourg, firent leur Entrée vêtus en Astrologues, & déveloperent d'abord avec une justesse merveilleuse la plus jolie involution d'olivettes que j'aye jamais vû danser. Et à chaque repos qu'ils faisoient, en se postant toûjours en figure triangulaire comme la plus heureuse de toutes, ils regardoient fixement le Ciel avec de longues Lunettes d'aproche à verres d'Holande ; & calculant ensuite sur leurs doigts, cherchoient à découvrir s'il n'arriveroit point bien-tôt quelque éclipse de Soleil ou de Lune. Mais éblouïs par les rayons de l'un, & menacez des cornes de l'autre, on les voyoit dans les transports d'une nouvelle danse qui exprimoit leur douleur, briser leurs Lunettes, & sortir enfin du Theâtre avec la derniere confusion.

FAGEL.

Quand la Lune a esté en défaut, il ne tenoit qu'à l'Empereur de prendre de bonnes mesures pour en profiter.

MOMUS.

Que ne le faisoit-il ? Elle commence maintenant à reprendre vigoureusement sa lumiere, & la Campagne prochaine j'ay bien peur & avec raison, qu'étendant ses deux Cornes dans la haute & la basse Hongrie, elle ne les rejoigne à Bude, & qu'elle n'arondisse ainsi son Cercle par une nouvelle Conqueste de ce Royaume. Pour ce qui est du Soleil, quel Corps seroit capable de l'éclipser ? Toute la Terre ensemble ne l'entreprendroit qu'inutilement ; l'Aigle sera bien plûtôt ébloüy de ses rayons, le Python des Marais d'Holande percé de ses fléches, & le Lion d'Espagne brûlé de ses feux. Il voit de si haut ses Ennemis, que tous les traits qu'ils tirent contre luy ne le peuvent atteindre, & que leurs pointes retombent sur leurs propres testes ; ainsi bien loin d'aprehender l'éclipse, sa lumiere croît & croîtra tous les jours : & plus il trouvera d'obstacles, plus ses forces agiront & redoubleront.

FAGEL.

Les Alliez en font une rude épreuve, & les Contributions terribles qu'ils sont forcez de payer de tous côtez aux François, font assez connoître que tous les projets de la Ligue n'arrivent à aucun des succés qu'elle s'estoit proposez.

MOMUS.

Le chagrin des trois Astrologues m'avoit beaucoup réjoüy, lorsque mon attention fut redoublée par un spectacle nouveau qui me surprit agreablement. Le Theâtre changea tout à coup, & fit voir le rivage d'une Mer qui ne parut d'abord qu'en éloignement ; des Rochers garnis de coquillages prirent la place des autres decorations : l'œil dans le fond croyoit découvrir un grand nombre de Vais-

seau-

ſeaux Marchands ; mais ce n'eſtoit qu'une peinture trompeuſe pour ſupléer à tant de veritables bâtimens enlevez de toutes parts par les Armateurs François ; les Tritons ſonnoient de leurs Trompettes marines, au bruit deſquelles on voyoit ſauter un grand nombre de Bourguemeſtres Holandois habillez en Marſoüins, & qui ſembloient ſe réjoüir de l'aproche d'une petite Chaloupe qui portoit comme en triomphe un Renard couronné ; & tandis que cette Chaloupe s'efforçoit lentement de paſſer à travers des glaces, la Mer, comme dans le flux, s'avançoit inſenſiblement ; & quand elle fut preſque au bord du Theâtre, trois Syrenes s'éleverent du fond de l'eau, l'une deſquelles entonna ces paroles:

Holandois recevez les deſpotiques Loix
De ce Maiſtre abſolu, de ce nouvel Uliſſe,
Voyez le bonheur des Anglois,
Et d'un ſemblable ſort goûtez le vray délice.
A ſes vaſtes projets, à ſes puiſſans efforts,
Leurs aveugles fureurs fourniſſent leurs treſors,
D'Impôts en ſa faveur l'Angleterre s'épuiſe,
Tout s'y fait un plaiſir de ſon joug étranger,
Voſtre or ſous ſon pouvoir a rangé la Tamiſe,
Sous ce meſme pouvoir ſon or va vous ranger.

Si-tôt qu'elle eut ceſſé, les deux autres avec un Chœur de Tritons & de Nereïdes, repeterent pluſieurs fois ces deux derniers Vers.

Voſtre or ſous ſon pouvoir a rangé la Tamiſe,
Sous ce meſme pouvoir ſon or va vous ranger.

FAGEL.

Ciel ! ne donneras-tu point bien tôt un parfait accomplissement à un augure si agreable ? Et quand pourray-je recevoir dans les Champs Elisées la nouvelle bienheureuse que j'attens avec tant d'impatience ?

MOMUS.

Il fut accomply du moins en figure par la danse qui suivit ; car si-tôt que ce Concert fut achevé, les Syrenes se replongerent dans les eaux ; & la mer imitant un reflux veritable se retira insensiblement, laissant croître peu à peu le rivage pour servir de Scene à la danse. En effet l'on vit aussi tôt au son de toutes sortes d'instrumens marins, entrer sur le Theâtre le President des Etats, le Pensionnaire Heinsius, & six autres de leurs principaux Membres, qui vêtus en habits d'Esclaves, figurerent d'une maniere fort grossiere une danse à l'Indienne. Et si-tôt qu'elle fut achevée, seize Milords Anglois parurent sauter d'un vaisseau à terre, & détacher la moitié de leurs chaînes, dont ils enchaînerent en cadance les huit Holandois, qui bien loin de resister tendoient avec plaisir leurs bras, les recevoient avec respect, & par de frequens baîsers témoignoient combien leur esclavage leur estoit agreable,

FAGEL.

Cette Feste ne pouvoit pas avoir un Couronnement plus juste, & tu me fais un veritable plaisir de me marquer avec quelle joye ces dignes Membres de nos Etats ont reçû leurs fers de la main des Anglois. N'est-ce pas une Loy de la Nature que le plus foible soit soûmis au plus fort ? Depuis l'établissement de la Republique d'Holande, ce n'a esté qu'un combat interieur & perpetuel entre les Etats & les Princes d'Orange à qui s'oprimeroit. Si Guillaume Fondateur de la Liberté n'eust point esté tué du Coup de pistolet, dont un Bourguignon luy perça l'estomac, peut-estre à la suscitation de quelques Membres de la Republique, il est constant que tout estoit enfin disposé pour le declarer Comte d'Holande, & la proposition en avoit esté faite aux Etats tenus à Dorth. Son fils Maurice n'en fut empêché que par la Faction de Barnewelt qu'il fit décapiter. Maurice mort, les Etats commencerent à prendre le dessus : & Frederic Henry frere de Maurice, & ayeul de celuy-cy, quoy qu'il conservast encore une grande autorité, n'en eut pas neanmoins assez pour entreprende d'executer le dessein de son Pere. Il laissa son fils Guillaume Pere de celuy-cy, qui n'ayant pas bien sondé toute l'étenduë de ses propres forces, avant que d'entreprendre de se rendre Maître de la Republique, & présumant trop de l'Alliance dont le Roy d'Angleterre l'avoit honoré, hazarda l'action d'Amsterdam, qui fit resoudre les Etats à se délivrer par poison de l'inquietude qu'il leur donnoit. Il mourut, & ne laissa de la Princesse d'Angleterre qu'un fils au berceau, qui est ce fameux Guillaume, mon cher Maistre & mon bien-aimé Disciple, que les Etats dans le commencement de sa vie tinrent dans le dernier abaissement; mais les intrigues & la Faction des Ennemis de With, les dispositions des Affaires, la Guerre de 1672. & l'Alliance dont le Duc d'York l'honora, ayant rétably sa puissance, & la Nature luy ayant donné des qualitez propres à conduire adroitement une intrigue par la premiere vertu des ambitieux qui est la *Fourbe*, vous voyez à quel point il a poussé cette ambition, & comme il s'est fait de la Couronne d'Angleterre un degré pour arriver enfin à la Souveraineté des Provinces Unies, aprés laquelle ses Peres ont six-vingts ans durant inutilement aboyé.

MOMUS.

Ce que j'admire, c'est l'indolence avec laquelle ce Peuple jadis si passionné pour sa Liberté en souffre aujourd'huy la perte. Ne conçoivent-ils pas que tout Tyran entre comme un agneau, & devore ensuite comme un loup? Avec quelle douceur affectée n'est-il point entré en Angleterre? que ne promettoit-il pas? & cependant il ne se croit pas plûtôt affermy sur le Thrône, qu'il commence à mettre la dent sur les brebis. Il s'estoit contenté l'an passé de supposer des indices faux au Comte de Clarendon pour luy ôter la liberté, & aujourd'huy il fait condamner par des Commissaires Mylord Preston à perdre la teste. Je supose & veux croire que cet infortuné martyr de la Justice, a eu la vertu de conserver au milieu de tant de perfides une inviolable fidelité à son Roy. Un Barbare loüeroit cette action, & la necessité que le Prince d'Orange a luy-mesme d'inspirer une semblable fidelité pour luy à ceux qui ont embrassé son party, ne doit-elle pas le porter à ne point donner le nom de crime à celle du Mylord Preston? Et si pour estre fidele à son Maistre legitime, des Juges scelerats condamnent un homme digne d'une memoire & d'une recompense éternelle, que ne doivent point apprehender ces infames, quand on leur fera rendre compte de la teste de leur Compatriote iniquement sacrifiée à un second Cromwel?

FAGEL.

Je vous diray franchement qu'en cette occasion mon Disciple s'est beaucoup écarté de mes leçons. Car connoissant combien au fond de l'ame il est cruel & sanguinaire, je luy ay toûjours remontré qu'il n'y a que la premiere goute qui coûte aux Tyrans, & que si une fois il commence à répandre du Sang en Angleterre, ces Esprits fiers, indociles, inconstans & vindicatifs, verront bien que le premier ruisseau ne sera que la source des fleuves qui le suivront; & dans l'aprehension de se voir opprimez les uns aprés les autres, ils se réüniront tous contre leur Oppresseur, & formeront pour leur vie une Ligue défensive, qui se tournant bien-tôt en offensive, previendra les coups dont ils pourroient estre renversez.

MOMUS.

Les Anglois doivent se mettre en teste que le Maistre qu'ils se sont donnez, ne croira jamais posseder une Puissance assurée, qu'il n'ait abattu les Pavots, & tout ce qui seroit capable de se mettre dans une nouvelle revolution à la teste d'un party. Qu'ainsi estant interieurement resolu à les faire tous perir les uns aprés les autres, le pretendu crime de haute trahison luy fournira autant de pretextes legitimes qu'il voudra pour les oprimer. La teste d'Halifax, tout traître qu'il a esté à son Roy, n'est pas plus en sûreté que celle de Preston; & pour le rendre suspect au Tyran, il suffit qu'il ne manqueroit ni de puissance ni de raisons, s'il vouloit entreprendre de s'oposer à sa Tyrannie.

FAGEL.

J'avouë que les principaux Seigneurs Anglois commencent à ouvrir les yeux, & murmurer contre une Domination qu'il n'avoient pas prévuë si onereuse à l'Etat. La plûpart mesme des Evesques ne soûpirent qu'aprés le retour du Roy Jacques; mais les Peuples, & particulierement celuy de Londres, sont tellement dévouez à ses volontez, que ces Seigneurs dont il taste les Esprits par la condamnation de Milord Preston, seront peut-estre assez insensibles pour souffrir avec patience ce terrible échec.

MOMUS.

Tu ne dois pas douter que ces mauvaises humeurs qui remuent & pullulent tous les jours en Angleterre, n'éclatent bien-tôt par quelque coup extraordinaire. Mais ce n'est pas le chagrin des Seigneurs Anglois qui doit le plus inquietter ton Statouder, c'est ce terrible embarras où se trouvent aujourd'huy les pauvres Alliez, & dont de mes propres oreilles j'ay eu l'ébatement.

FAGEL.

Ils sont assemblez pour s'en tirer, & tu ne dois pas douter qu'ils ne prennent à leur fameuse Conference des resolutions conformes à leurs besoins.

MOMUS.

Je pris l'Anneau de Gigés pour me glisser adroitement, & sans estre vû, dans le grand Conseil secret que tint cette magnifique Assemblée. Tu ne peux concevoir dans quel prodigieux déconcert je les ay vûs: quels mouvemens de crainte! quelles irresolutions! quels reproches mutuels! L'Imperial Windiskrats imputoit à l'inutilité de l'expedition d'Irlande les disgraces de leur malheureuse Campagne; Guillaume reprochoit à Baviere de n'avoir rien ni operé ni tenté sur le Rhin; les Holandois continuoient de rejetter sur une trahison des Anglois la perte de leur flote; Brandebourg traitoit Waldek de miserable Capitaine, & ne pouvoit digerer de s'estre morfondu tout l'Esté pour luy servir de couverture; Castanaga crioit au voleur contre le mesme Brandebourg: & le Duc de Savoye crioit au meurtre contre tous de ne luy avoir pas donné les secours dont on l'avoit flaté : Enfin c'estoit une Scene d'injures la plus divertissante du monde, aprés lesquelles chacun ne pensa qu'à étaler son impuissance & ses besoins pour demander secours à son Compagnon, & refuser celuy qui luy estoit demandé.

FAGEL.

Mais enfin, qu'ont-ils resolu sur les operations de la Campagne prochaine ?

MOMUS.

Il seroit trop long de te l'expliquer, le temps me presse ; & comme voicy l'heure que Proserpine prend son Caffé plus à propos que le Gouverneur de Cysique n'en faisoit prendre à Esope sur le Theâtre, je vais la trouver pour luy faire récit de ce que je t'ay dit. Nous nous verrons une autrefois, & je t'aprendray tout ce que tu desires sçavoir. Adieu.

FAGEL.

Adieu, Momus, adieu, jusqu'au revoir.

FIN.

www.ingramcontent.com/pod-product-compliance
Ingram Content Group UK Ltd.
Pitfield, Milton Keynes, MK11 3LW, UK
UKHW020449230726
13925UKWH00005B/1841